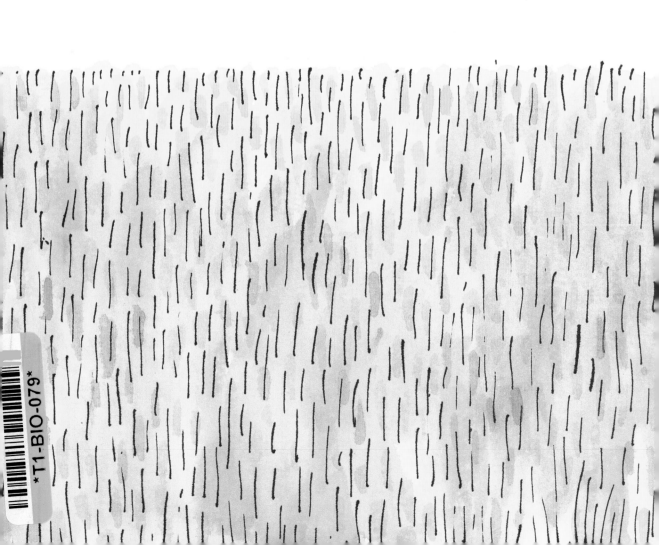

Para nuestras hijas, Aroa y Matilda.

Título original: *Un máis*

Colección **libros para soñar**®

© del texto: Olalla González, 2017
© de las ilustraciones: Marc Taeger, 2017
© de esta edición: Kalandraka Editora, 2017
Rúa de Pastor Díaz, n.º 1, 4.º B - 36001 Pontevedra
Tel.: 986 860 276
editora@kalandraka.com
www.kalandraka.com

Impreso en Gráficas Anduriña, Poio
Primera edición: agosto, 2017
ISBN: 978-84-8464-322-7
DL: PO 345-2017

MIXTO
Papel procedente de
fuentes responsables
FSC® C104983

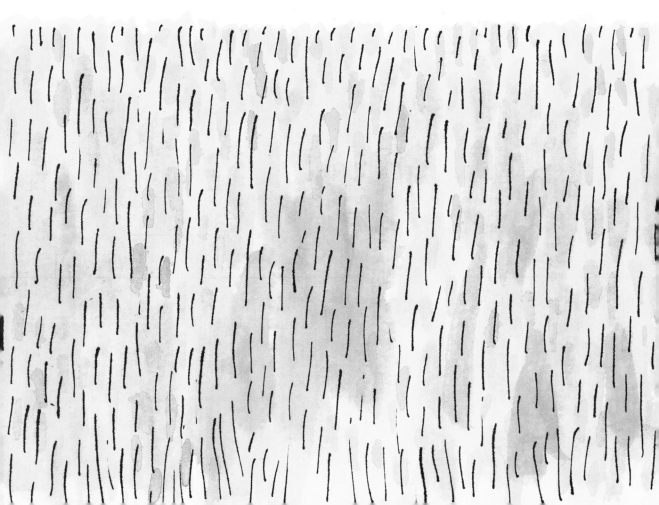

# UNO MÁS

OLALLA GONZÁLEZ
MARC TAEGER

kalandraka

Un día el pequeño conejo miró a su mamá y dijo:

—Mamá, estás muy gorda.
  ¡Creo que vas a tener un bebé!

—Pues sí, dentro de poco seremos más.

—¿Y cuándo va a nacer?

—Cuando ya no pueda verme los pies.

–Pájaro carpintero, ¡voy a tener un hermano!
¿Sabes cuándo nacerá?

–Pues nacerá cuando yo acabe esta cuna
que estoy preparando para él.

¡Oooh!
Cuando seamos uno más,
podremos...

Después, el pequeño conejo
se acercó a su mamá y le preguntó:

—Mamá, ¿aún te puedes ver los pies?

—Sí, conejo.
Aún puedo verme los pies.

—Pequeña ardilla, ¡voy a tener un hermano!
¿Sabes cuándo nacerá?

—Pues nacerá cuando yo termine estos juguetes
que estoy haciendo para él.

¡Oooh!
*Cuando seamos uno más,*
*podremos...*

Más tarde, el pequeño conejo
se acercó a su mamá y le preguntó:

—Mamá, ¿aún te puedes ver los pies?

—Sí, conejo.
Aún puedo verme los pies.

–Gran oso, ¡voy a tener un hermano!
 ¿Sabes cuándo nacerá?

–Pues nacerá cuando pase el invierno
 y yo despierte de mi sueño.

*¡Oooh!*
*Cuando seamos uno más,*
*podremos...*

Al cabo de unos días, el pequeño conejo
volvió junto a su mamá y le preguntó:

—Mamá, ¿aún te puedes ver los pies?

—Sí, conejo.
Aún puedo verme los pies.

–Oveja, ¡voy a tener un hermano!
¿Sabes cuándo nacerá?

–Pues nacerá cuando yo termine de tejer
esta ropa que estoy haciendo para él.

¡Oooh!
Cuando seamos uno más,
podremos...

Y, cuando la oveja terminó de calcetar,
el oso despertó de su sueño,
la ardilla remató los juguetes
y el pájaro carpintero acabó la cuna,
el pequeño conejo le preguntó a su mamá:

—Mamá, ¿aún te puedes ver los pies?

—Pues no, conejo,
¡ya no puedo verme los pies!

Y ese mismo día nacieron sus hermanos...

... ¡y sus hermanas!

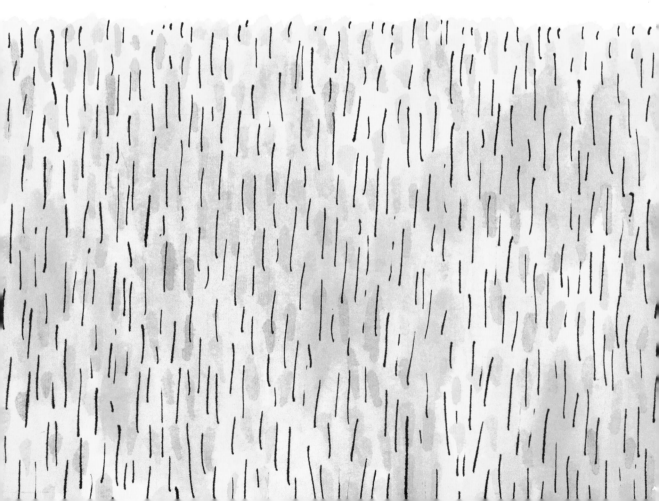